Para mi madre, que a diario
me recuerda su apoyo
en todos los caminos de mi vida.
Tu amor es mi superpoder.

Nima

Para Phil y Jasper.
Gracias por ser quienes sois.
Os quiero.

Cally

FSC
www.fsc.org
MIXTO
Papel procedente de fuentes responsables
FSC® C104723

El Forest Stewardship Council® (FSC®) es una organización internacional no gubernamental dedicada a promover una gestión ambientalmente apropiada y responsable de los bosques del mundo. El FSC® proporciona un sistema de certificación forestal y de etiquetado que permite que los consumidores identifiquen aquellos productos que proceden de bosques bien gestionados. Para más información sobre el FSC®: www.fsc.org/es

Título original: *The Best You,*
publicado por primera vez en el Reino Unido
por Little Tiger, un sello de Little Tiger Press Limited

Valentín Beato, 21; 28037 Madrid

Dirección Editorial: Begoña Lozano
Traducción: Roberto Vivero
Edición: Cristina González
Preimpresión: Pablo Pozuelo

ISBN: 978-84-696-4145-3
Depósito legal: M-22861-2023
CPB/1400/2507/1023

Impreso en China

www.brunolibros.es

LO MEJOR DE TI

Nima Patel y Cally Johnson-Isaacs

CUBILETE

La gente no para de preguntarnos:

¿Qué quieres ser de mayor?

¿O bombera?

¿Quizá profe?

¿O astronauta?

¿O artista?

Pero ¿qué nos convierte de verdad en quienes somos?

Los **astronautas** son como *superhéroes*.

¡Es increíble que puedan **viajar hasta las estrellas**!

Los médicos cuidan de la gente.

Saben cómo ayudarnos si nos hacemos daño o nos ponemos enfermos.

Las estrellas del deporte trabajan muchísimo.

Entrenan

y entrenan.

No importa si todo
les sale bien...
... o regular.

¡Ellas siempre
se levantan
y lo intentan
una vez más!

Los *profesores* son *justos, amables, pacientes...*

¡Nunca se cansan de ***ayudarnos a aprender*** cosas!

Los **ingenieros** crean **proyectos**
para mejorar la vida de todos.

Donde los demás
ven un problema,
¡ellos ven la **solución**!

¿Y los **bomberos**?
Todo el mundo sabe
que son muy **valientes**...

Pero también
deben tener *calma*
ante el peligro…

¡Y saber trabajar
en equipo!

Los **artistas** son muy **creativos**,
siempre probando **cosas nuevas**.

Con **inspiración**, ¡todo puede
convertirse en una obra de arte!

Los músicos saben cómo emocionarnos.

Hacen que la gente se una gracias a sus canciones.

También hay personas que

CAMBIAN EL MUNDO

defendiendo los derechos de todos...

o haciéndose **voluntarias**

para **cuidar** a los que lo necesitan.

A lo mejor aún

no sabes

qué quieres ser de mayor…

¡O quizá
te gustaría ser
muchas cosas
diferentes!

Eso también es *genial*.
¡El mundo necesita
gente *soñadora*
y *aventurera*
como tú!

Lo importante de verdad es que siempre intentes dar lo mejor de ti.

Pregúntate si eres buena persona...

Si eres amable...

Si te esfuerzas
día a día por alcanzar
tus sueños…

Todos tenemos cualidades estupendas.

¡Y podemos aprender
mucho de los demás!

Así que sé **buena persona,**

amable, valiente,

y da siempre...

¡LO MEJOR DE TI!

SOY...
Buena persona.
Valiente.
Amable.
Paciente.

Queridos adultos:

Cuando erais niños, ¿qué queríais ser de mayores? A muchos os habrán hecho esa pregunta desde que erais muy pequeños, pero ¿cómo ibais a responderla si aún no habíais visto casi nada del mundo?

A veces, los adultos complicamos las cosas, nos adelantamos a nosotros mismos… ¿Y si nos atrevemos a dar un paso atrás para reformular así esa gran pregunta?:

¿QUIÉN te gustaría ser de mayor?

Ayudemos a que los niños florezcan de verdad animándolos a buscar en su interior la mejor versión de sí mismos. Mostrémosles la determinación que se necesita para volver a intentarlo cuando cometen un error. Enseñémosles que está bien llorar cuando pierden a un ser querido, a una mascota… Expliquémosles la importancia de decir «lo siento» cuando han molestado a alguien. Hablémosles de la felicidad que se siente al ayudar a los demás. Y recordémosles su valentía al ser diferentes si alguna vez sienten que no encajan con lo que se esperaba de ellos.

Vuestros hijos siempre serán mucho más que la carrera profesional que elijan. Invitarlos a desarrollar rasgos de carácter positivos los ayudará a tener éxito en el sentido más importante de esa palabra. Ser amable, paciente, tenaz, honesto… son auténticos superpoderes. Los superhéroes de la vida real no nacen siéndolo, sino que van forjando sus fantásticas capacidades mientras crecen, intentándolo de nuevo cuando fracasan y esforzándose cada día en dar lo mejor de ellos mismos.

Nima x